Erich Schmitt

Nixi

Eulenspiegel

»Ich finde, sie ist dir wie aus dem Gesicht geschnitten.«

»Moment! Ich werfe bloß schnell die Geburtsanzeigen in den Briefkasten.«

»Hoppla! Unsere Tochter ist noch nicht landrein!«

»Nun komm doch zum Vati, Nixi! Nun komm doch …«

»Hilf mir schnell die Heringe melken. Nixi muss jetzt die Flasche haben!«

»Nicht so doll! Das Kind wird ja seekrank!«

»Da kommst du ja endlich. Lieber will ich einen Sack Flöhe hüten, als noch mal 'ne Stunde auf Nixi aufpassen.«

»Nein, das ist keine Flunder, das sind Vatis Hühneraugen.«

»Wo hast du dich wieder rumgesielt? Das ganze Haar voll Muscheln.«

»Ist sie nicht süß?«
»Hm, zum Anbeißen.«

»Eiapopaia, mein Püppchen schlaf ein.«

»Ruhäää!! Geht nach unten spielen. Ich will schlafen!«

»Eine Sternschnuppe, Nixi! Wünsch dir was!«
»Solche Flossen wie du, Vati, zum Laufen!«

»Allez-hopp, Delphi!«

»Hast du schon wieder genascht? Da fehlen doch zwei Sardinen!«

»… Und da sagte das Nixlein zum Hai, der in Großmutters Bett lag:
›Aber Großmutter, was hast du für ein großes Maul?!‹«

»Wenn du immer schön brav bist, darfst du später im Himmel in der Milchstraße schwimmen.«

»Da wird sich Vati aber freuen, dem hängt der ewige Fisch schon zum Halse raus!«

»Na, das ist aber eine Überraschung! Grüne Heringe!«

»Immer bei Vollmond. Sie ist mondsüchtig.«

»Tauch unter, Nixi, sonst wirst du nass und kriegst 'nen Schnupfen.«

»Vati, komm zu uns! In dreißig Metern Tiefe ist es ganz ruhig!«

»Nixi hat heute ihren ersten Schultag.«

»Deine Dummheiten habe ich jetzt satt, Nixi! Dein Vater soll mal herkommen!«

»Langusten sind gerade nicht greifbar. Darf es dafür ein Hummer
sein?«

»Was suchst du, Vati?«

»Höher, Dicker, höher!«

»Keine Angst, mein Vati ist harmlos und gutmütig wie eine Seekuh.«

»Feine Sache, was, Vati? Jetzt biste erst richtig komplett.«

»Das ist unser Silvesterkarpfen; der wird noch gemästet.«

»Lass den Alten los! An den seine Gummibeene kaust du noch bis übermorgen!«

»Schnell hier raus, Vati! Wir sind in den verkehrten Zug gestiegen!«

»Nun komm schon, Vati! Du stellst dich aber auch an.«

»Der ist ganz ungefährlich. Pass auf, er frisst mir aus der Hand.«

»Ekelhaft, diese Perlen in den Muscheln. Jetzt habe ich mir 'nen Zahn ausgebissen.«

»Oder lieber die Violette?«

»Bringst du mich jetzt jeden Abend ins Bett, Vati?«

»Wir müssen ihn schnell nach oben bringen, Mami! Er hat beim Gutenachtkuss zu viel Wasser geschluckt.«

»Mamatschi, schenk mir ein Pferdchen!«

»Mutti, ich glaube, ich habe einen Wasserfloh!«

»Würden Sie so gut sein und Vatis Füller nachfüllen?!«

»Ich weiß nicht, ob ich weinen oder mich freuen soll! Vati hat mir 'ne Backpfeife gehauen und gesagt, er will mir gleich Beine machen.«

»Nicht so dicke Scheiben! Wer soll denn die essen?«

»Das ist eine Fischscheuche! Ich hab es satt. Dauernd fallen einem die fliegenden Fische auf den Kopf!«

»Guck, Mutti! Vati macht Kino. Windstärke 10.«

»Vati! Dort hinten kommt dein Brustbild!«

»Was ist los? Warum haben Sie gewinkt?!«

»Keine Angst, Mutti, Seetang vergeht nicht.«

»Was heißt hier uffjefischt? Das ist meine Tochter!«

»Für Mutti!«

»Auf Wiedersehen, Delphi!«

»Frage 32: Haben Sie jemals an einer kommunistischen
Demonstration teilgenommen?«

»Etwas Birkenwasser gegen die Schuppen!«
»Mir auch!«

»… Schlafen Sie Ihren Rausch aus – stopp – Nixen gibt es nicht –
stopp – Das sind Fabelwesen – stopp.«

»… Befehl vom Käpt'n, die Kleine kriegt nichts. Fabelwesen kann er nicht verbuchen.«

»Für das Oberteil nimm aber das Magazin.«

»Vati, ist das der Hafen der Ehe, den du Mutti versprochen hast?«

»Mehr nach hinten, da ist es tiefer!«

»Siehst du, Nixi, das ist das Meer der Großstadt, von dem ich dir erzählt habe.«

»Bitte einen Sitzplatz für Vater und Kind!«

»Haben Sie einen wasserdichten Wagen für meine Tochter?«

»Einen Moment, meine Tochter braucht frisches Wasser!«

»Sie müssen natürlich draußen bleiben!«

»Salzig genug, Nixi?«

»Meine Herrschaften! Hier sehen Sie die Weltsensation: ›Aphrodite‹!
Mensch oder Fisch?«

»Haben Sie keine Nixenpuppen?«

»Wundervolle Perlen! Wo haben Sie die her?«
»Ooooch, die hat meine Tochter gefunden.«

»Sie muss sich eine Gräte gebrochen haben, Herr Doktor!«

»Was kostet ein Jahresabonnement?«

»Ein Eisbein und einen grünen Hering!«

»Für mich 'n Grog ohne Wasser, für Nixi ein Glas Salzwasser ohne Rum.«

»Mensch, Jonny! Hast du kalte Flossen!«

»Für heute genug, Nixi. Drei goldene Uhren und zwei silberne Zigarettenetuis.«

»Guck mal, Vati, der sieht aus wie ein Igelfisch.«

»Wat denn? Ham Sie noch nie een Hai jesehn?!«

»… Bella? Der geht es gut. Sie hat Robby geheiratet und zwei süße Kinderchen …«

»Ich habe Ihr Inserat über Wasser- und Dauerwellen gelesen.
Können Sie mir welche für die Badewanne schicken?«

»Aber leise! Nixi schläft!«

»Darf ich zu dir ins Bett kommen, Vati?«

»Natürlich, Herr Professor, erzeugt die Luft das Rauschen in der Muschel. Aber wollen Sie ihr die Illusion rauben?!!«

»Beeil dich mit dem Abendbrot, Nixi! Dort hinten kommt die Wasser-
polizei!«

»Wo soll ich die Rettungsmedaille anheften?«

»Danke, ich brauche nur das Oberteil.«

»Weltrekord! Nixi! Weltrekord!«

»Sehe ich jetzt wie alle anderen aus, Vati?«

»Erzähl bloß keinem, dass es gar kein Kostüm ist.«

»Seh'n Sie ... hick ... das ist ganz einfach. Das ... hupp ... das Oberteil hat sie von mir und das Unterteil von ihrer Mu... Mutter ge... ge... erbt.«

»Keine Angst, Vati. Dein Töchterchen bringt dich schon sicher nach Hause.«

»Nixi, hilf uns! Unsere Mutti ist einem Seemann ins Garn gegangen!«

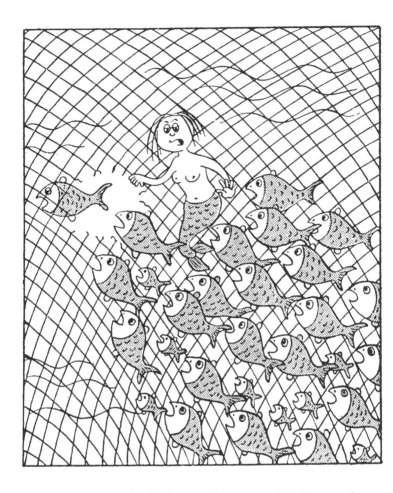

»Langsam, langsam, bloß keine Panik! Frauen und Kinder zuerst!«

»Ich will meinen Anteil haben. Schließlich bin ich Fischer und kein Mädchenhändler!«

»Nein, eine richtige Nixe. So eine wie im Märchen!«

»Ist das Ihre Tochter?«
»Ja, … hick … ich glaube die Linke!«

»Ich möchte mich um die Stelle als Leuchtturmwärter bewerben. Meine Tochter kann das Wasser nicht lassen.«

»So, Nixi, jetzt kannst du wieder mitten im Wasser wohnen.«

»Du hast ja auch grüne Augen!«

»In der Kiste unter Vatis Bett liegt das Tauchgerät. Ich warte unten
auf dich!«

Halb zog sie ihn, halb sank er hin.

»Komm in meine Liebeslaube!«

»Mit dir würde ich bis ans Ende der Welt schwimmen.«

»Das Frühstück, Schatzi!«

»Liebling, mach bitte das Bullauge auf. Ich brauche frisches Wasser.«

»Furchtbar, diese Ölsardinen. Das ganze Zimmer ist voll Fettaugen.«

»Ich lass ihn wieder raus. Er will zu seiner Mutti.«

»Können Sie nicht anklopfen?«

»Ist er nicht süß? Er ist mir zugeschwommen.«

»Ja, ja, aber letzten Endes sind es eben nur Menschen. Und man muss einen haben, mit dem man sich aussprechen kann.«

»Oh, zeig mal, was strickst du da?«

»Ich habe an Mutti geschrieben, sie soll uns besuchen. Unser Haus ist ja nicht zu verfehlen.«

»Lass die Faxen, pass lieber auf! Also wenn du in die Südsee
reinkommst, gleich links.«

»… beeile dich, falls du dabei sein willst, wenn du Oma wirst.
Tausend Küsschen, Nixi.«

»Für den Hund müssen Sie voll bezahlen. Das ist auf allen öffent-
lichen Verkehrsmitteln so.«

»Hast du dir überlegt, was es heißt, eine Frau das ganze Leben auf Händen zu tragen?«

»Wir lieben uns, Vati. Gib uns bitte deinen Segen.«

»Ich kriege ein Kind, Jens. Ich gehe ins Wasser!«

»Gratuliere, Schwester Monika. Sie sind die erste tauchende Hebamme!«

»Ach, Sie sind die Oma?! Meinen Glückwunsch! Aber nur zehn Minuten. Sie ist noch etwas schwach.«

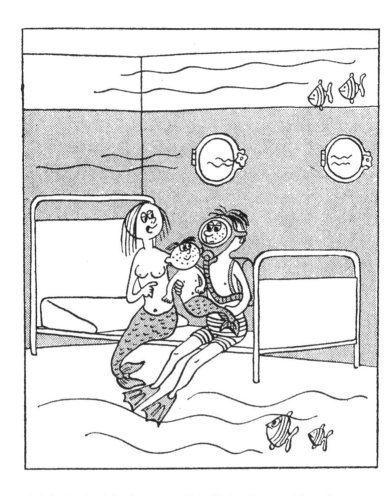

»Ich finde, sie sieht dir sehr ähnlich. Sie ist die erste Nixe mit Sommersprossen.«

»Hm, ich schätze, seine zehn Pfund wird dieser Hering haben.«

»Gute Nacht! Die Vatis müssen jetzt arbeiten.«

Berliner Schnauze im Orient:
Kunos wilde Abenteuer

128 Seiten, broschiert
6,99 €
ISBN 978-3-359-02330-2

Wenn nichts mehr hilft,
hilft Schwester Monika!

96 Seiten, broschiert
4,99 €
ISBN 978-3-359-02308-1

ISBN 978-3-359-02329-6

© editionplus Verlags GmbH
© für diese Ausgabe:
2011, Eulenspiegel Verlag, Berlin

Umschlaggestaltung: Verlag, unter Verwendung
eines Motivs von Erich Schmitt
Druck und Bindung: CPI Moravia Books GmbH

Ein Verlagsverzeichnis schicken wir Ihnen gern:
Eulenspiegel · Das Neue Berlin Verlagsgesellschaft mbH & Co. KG
Neue Grünstr. 18, 10179 Berlin
Tel. 01805 / 30 99 99
(0,14 €/Min., Mobil max. 0,42 €/Min.)

Die Bücher des Eulenspiegel Verlags erscheinen
in der Eulenspiegel Verlagsgruppe.

www.eulenspiegel-verlag.de